APPRENTIS LEC...

LAVONS L'AUTO!

Cathy Goldberg Fishman

Illustrations de Barry Gott

Texte français d'Ann Lamontagne

Éditions
SCHOLASTIC

À mes laveurs d'autos préférés, Xan et Matthew, avec amour

— C.G.F.

Pour Finn

— B.G.

Catalogage avant publication de Bibliothèque et Archives Canada

Fishman, Cathy Goldberg
Lavons l'auto! / Cathy Goldberg Fishman;
illustrations de Barry Gott;
texte français d'Ann Lamontagne.

Traduction de : Car wash kid.
Public cible : Pour les 5-8 ans.

ISBN 978-0-545-99298-5

I. Gott, Barry II. Lamontagne, Ann III. Titre.

PZ23.F3985La 2008   j813'.6   C2008-901035-3

Édition publiée par les Éditions Scholastic, 604, rue King Ouest, Toronto (Ontario) M5V 1E1.

5 4 3 2 1   Imprimé au Canada   08 09 10 11 12

Regarde la voiture
comme elle est sale!

Pour papa et moi,
l'heure de laver l'auto
a sonné.

Papa est l'homme au savon.

Chassons la saleté!

Papa verse le savon.

Moi, je fais gicler l'eau.

13

Nous frottons avec ardeur.

Les bulles de savon
volent partout.

Papa m'aide à arroser
de haut.

L'auto est propre!
On a bien travaillé!

Maintenant, papa m'appelle son laveur d'autos préféré!

LISTE DE MOTS

a	du	l'eau	préféré
à	elle	les	propre
ardeur	est	l'heure	regarde
arroser	fais	l'homme	sale
attraper	frottons	m'aide	saleté
au	gicler	maintenant	savon
avec	haut	m'appelle	son
bien	je	moi	sonné
bulles	la	nous	travaillé
est	l'auto	on	verse
chassons	laver	papa	voiture
comme	laveur	partout	volent
de	le		